1865

Pie-Biter

派王阿海

Comepasteles

Written by Ruthanne Lum McCunn
Illustrated by You-shan Tang

Chinese translation by Ellen Lai-shan Yeung
Spanish translation by Teresa Mlawer

Arcadia, California

For Arthurita Drysdale, Robin Grossman, and Chu Moon Ho
— R.L.M. —

Printed in China
Shen's Books.
40951 Fremont Boulevard
Fremont California 94538
(800)456-6660
http://www.shens.com

———————— Library of Congress Cataloging-in-Publication Data ————————

McCunn, Ruthanne Lum.
Pie-Biter / written by Ruthanne Lum McCunn ; illustrated by You-shan Tang.
p. cm.
"Chinese translation by Ellen Lai-shan Yeung ; Spanish translation by Teresa Mlawer."
Summary: In the nineteenth century, a young Chinese comes to the United States
to work on the railroad and develops a fondness for pies that becomes legendary.
ISBN 1-885008-07-4
[1. Chinese--United States--Fiction. 2. Pies--Fiction.]
I. Tang, You-shan, ill. II. Yeung, Ellen Lai-shan. III. Title.
P27.M478416Pi   1998   [Fic]--dc21   97-27586 CIP AC

Author's Note

Pie-Biter lived and worked in the Pacific Northwest for twenty years. Pioneers preserved his story orally, and Fern Cable Trull recorded it in her unpublished masters thesis, "The History of the Chinese in Idaho from 1864-1910." (University of Oregon, 1946)

No one knows Pie-Biter's true name or what happened to him after he returned to China. But when my mother was a girl in Hong Kong, her father used to take her to a pie shop owned by a Chinese American baker who made delicious pies.

Louis Escard, more popularly known as Spanish Louis, worked as a packer in Idaho County for forty years. He worked until his sight failed and he was no longer able to follow the trail. Spanish Louis died in Lewiston on February 15, 1905.

作 者 說 明

派王阿海在美國西北的太平洋沿岸謀生將近二十年。他的事蹟一向靠拓荒者口頭傳述，得以保留，後於 1946 年由奧瑞岡大學的楚芬恩女士收錄於其碩士論文內。（論文題名為：1864-1910 年間中國人在愛德華州的史蹟）

阿海的真名以及他回中國之後的實際情況，沒有人知道。但我母親小時候常和我祖父在香港惠顧一家派餅店，那位從美國來的中國師傅烤的餅特別香甜可口。

路易·愛司哥（故事中的馬幫頭路易）生前綽號西班牙路易，在愛德華郡馱馬四十年。晚年視力衰退看不清路途才退休。他於 1905 年 2 月 15 日逝於路易城。

Nota de la Autora

Comepasteles vivió y trabajó en el noroeste del Pacífico durante veinte años. Los pioneros mantuvieron viva su historia mediante la tradición oral. Fern Cable Trull la incluyó en su tesis de licenciatura no publicada: *The History of The Chinese in Idaho from 1864-1910*. (Universidad de Oregon, 1946).

Nadie sabe el verdadero nombre de Comepasteles, ni qué fue de él después de su regreso a China. Pero, cuando mi madre era niña, en Hong Kong, su padre la llevaba a una pastelería de un señor chino-americano, que hacía unos pasteles deliciosos.

Louis Escard, conocido familiarmente como Spanish Louis, trabajó transportando mercancías en Idaho, por más de cuarenta años, hasta que la vista le falló y no podía divisar el camino. Spanish Louis falleció en Lewiston el 15 de febrero de 1905.

Long ago, before space shuttles or jets, Americans dreamed of trains. Fierce, black, fire-eating trains that would carry people and treasures from coast to coast. To make this dream come true, railroad companies sent to China for workers.

Hundreds, thousands of men crossed the Ocean of Peace to build the iron road America needed. Among them was Hoi, a boy with smiling face atop a body thin as a bamboo pole.

很久以前，還沒有太空梭和噴射機，美國人就開始幻想有火車。勇猛、漆黑又能吃火的火車，載著乘客和貨物奔馳東西兩岸。為了使夢想成真，鐵路公司從中國請來了工人。

成百上千的男子橫渡太平洋，為美國興建鐵路。其中有一個骨瘦如柴，面帶笑容的男孩，那就是阿海。

Hace mucho tiempo, antes de que aparecieran las lanzaderas espaciales o los aviones de reacción, Estados Unidos soñaba con trenes. Grandes trenes de color negro, con entrañas de fuego, capaces de transportar pasajeros y mercancías de costa a costa. Para convertir este sueño en realidad, las compañías ferroviarias acudieron a China en busca de trabajadores.

Cientos, miles de hombres atravesaron el océano Pacífico para construir las vías férreas que Estados Unidos necesitaba. Entre ellos se encontraba Hoi, un muchacho de rostro sonriente con el cuerpo tan delgado como una caña de bambú.

Work on the iron road was hard and dangerous. The hours between morning and evening rice stretched long and hungry. Hoi's smile disappeared, and he became too weak to work.

"My stomach is shouting for food," he complained.

"A cup of tea will quiet its growling," the tea carrier said.

But the cup of steaming hot tea could not satisfy Hoi.

"I need rice."

"You cannot hold a bowl, chopsticks, and an ax too," the gang boss scolded.

興建鐵路的工作既辛苦又危險。早、晚飯之間尤其是一段漫長且飢餓難熬的時段。阿海的笑容慢慢地消失了，他全身無力，不能再工作了。

「我的肚子餓得咕嚕咕嚕地叫！」阿海抱怨著。

送茶的說：「喝一杯茶下去就不會叫了。」

熱騰騰的茶喝了，可是阿海還是餓。

「我得吃飯。」

工頭罵道：「你只有一雙手，怎麼能同時拿碗、筷子、和斧頭呢？」

El trabajo en las vías férreas era duro y peligroso. Las horas entre el arroz de la mañana y el de la tarde transcurrían lentamente y el hambre se dejaba sentir. La sonrisa desapareció del rostro de Hoi y empezó a sentirse demasiado débil para trabajar.

—Me rugen las tripas de hambre —se quejó.

—Con una taza de té se te pasará —le respondió el vendedor de té.

Sin embargo, la humeante taza de té no le quitaba el hambre a Hoi.

—Necesito arroz.

—No puedes sostener el cuenco, los palillos y mover el pico a la vez —le reprendió el jefe del grupo.

Hoi thought a moment. "No, but I can hold a pie in my left hand and swing the ax with my right."

"Pie?"

Hoi smiled, "American pie."

Hoi ate all kinds of pies: peach, pumpkin, vinegar, carrot, gooseberry. But his favorites were Dutch apple, huckleberry, and lemon.

His friends renamed him Pie-Biter.

阿海想了一會兒。「是不能，但是我可以左手拿派，右手揮斧。」

「派？」

阿海笑著說：「對，美國派餅。」

阿海什麼派餅都吃，有桃子派、南瓜派、檸檬派、紅蘿蔔派、還有綠莓派。而他最喜歡的是蘋果派、紫莓派、和青檸派。

朋友們給他取了一個新的名字，叫派王阿海。

Hoi se detuvo a pensar un momento.

—No, pero puedo sostener un pastel con la mano izquierda y mover el pico con la derecha.

—¿Un pastel?

Hoi sonrió: —Un pastel americano.

Hoi comía toda clase de pasteles: de melocotón, calabaza, vinagre de sidra, zanahoria, grosella... Aunque sus preferidos eran los de manzana, arándanos y limón.

Sus amigos le apodaron Comepasteles.

Pie-Biter's body thickened, becoming as hard as the rails he laid. And when a job needed extra strength, the men called for him.

"Pie-Biter, lower me over the cliff so I can drill a hole for explosives," the dynamiter said.

"Pie-Biter, dig us out," the men buried in the avalanche cried.

"Pie-Biter, lift that fallen pine," the gang boss ordered.

派王阿海的身體漸漸結實起來，就像他舖設的鐵軌一樣的堅固。凡是需要特大力氣的事情，大家一定找他幫忙。

裝炸藥的工人要求道：「派王，帶我下山，讓我鑽洞埋炸藥！」

陷在雪崩裡的工人喊道：「派王，快把我們挖出雪堆！」

工頭命令道：「派王，把倒下的松樹抬走！」

El cuerpo de Comepasteles se fue anchando y llegó a ponerse tan duro como las mismas vías que él colocaba. Los compañeros de trabajo siempre lo llamaban cuando necesitaban hacer algo que requería gran fuerza.

—Comepasteles, bájame por el precipicio para que pueda taladrar un agujero donde colocar los explosivos —le pidió el dinamitero.

—Comepasteles, sácanos de aquí —le gritaron los hombres que habían quedado sepultados por la avalancha.

—Comepasteles, levanta ese pino que se ha caído —le ordenó el jefe del grupo.

Then after three years of labor, the rails from West and East met.

"The iron road is finished," the gang boss said. "There's no more work for us here."

While the company bosses celebrated, the men made plans.

"My parents are old," the tea carrier said. "I will take my savings and sail for home."

"I will follow new gold strikes north," the dynamiter said.

"I will start a boarding house, then send for my wife and children," the cook decided.

經過三年的勞苦，東西橫貫鐵路終於連接上了。

工頭宣佈：「鐵路完工，這裡再沒有我們的事了。」

鐵路公司的老板慶祝完工時，工人們則開始計劃未來。

裝炸藥的說：「我要到北方淘金去。」

廚子說：「我要開間客棧，然後把我的妻子、兒女都接來。」

Por fin, después de tres años de trabajo, las vías del Este y del Oeste se encontraron.

—Hemos terminado las vías férreas —dijo el jefe del grupo—. Se acabó el trabajo aquí.

Mientras los jefes de la compañía celebraban el acontecimiento, los hombres hacían planes para el futuro.

—Mis padres son mayores —dijo el vendedor de té—. Tomaré mis ahorros y zarparé rumbo a casa.

—Yo iré hacia el norte, en busca de los nuevos yacimientos de oro —dijo el dinamitero.

—Yo abriré una casa de huéspedes, y luego mandaré a buscar a mi mujer y a mis hijos —decidió el cocinero.

"And you, Pie-Biter, what will you do?" the gang boss asked.

"I will buy a train."

He laughed at the men's astonished faces. "A train of horses that can pack supplies into camps far from the iron road."

"But you know nothing of horses," the dynamiter said.

"I will learn."

工頭問道：「你呢，阿海？你有什麼計劃？」

「我想買一輛火車＊。」

看著同伴詫異的表情，阿海笑了起來。「我是說能載貨的一群馱馬隊，好把東西送到離鐵路很遠的礦區。」

裝炸藥的說：「但是你對馬匹一竅不通。」

「我可以學呀！」

＊英文之「一輛火車」和「一群」相同。

—Y tú, Comepasteles, ¿qué harás? —le preguntó el jefe del grupo.

—Compraré una cuadra de caballos.

Se rió al ver las caras de asombro de los hombres:

—Una cuadra de caballos que pueda llevar provisiones a los poblados que se encuentren lejos de las vías férreas.

—Pero si no sabes nada de caballos —le dijo el dinamitero.

—Aprenderé.

Pie-Biter went to the town's largest stable.
"Which packer knows the most about horses?" he asked.
Everyone told him, "Spanish Louis."
So Pie-Biter asked Spanish Louis for a job in his pack train.
"I will cook in exchange for lessons about horses," he said.
Spanish Louis shook Pie-Biter's hand. "Agreed."

派王阿海跑到城裡最大的馬房去問。
「那個送貨的最懂馬？」
每個人都告訴他說：「馬幫頭路易。」
於是，阿海想向路易要份工作。
「我為你燒飯，你教我趕馬。」
馬幫頭路易握著阿海的手說：「一言為定。」

Comepasteles se dirigió a la cuadra más grande del pueblo.
—¿Quién es el que conoce más de caballos aquí? —preguntó.
Todos respondieron: —Spanish Louis.
Y así fue cómo Comepasteles solicitó trabajo en la cuadra de cargas de Spanish Louis.
—Cocinaré a cambio de que me enseñe todo sobre los caballos —dijo.
Se dieron la mano: "Trato hecho".

At first, Pie-Biter found himself tangled in harness, halters, and pack ropes.

The horses fooled him by puffing up their bellies when he tried to tighten their cinches. Then their packs slipped, sometimes tumbling into deep canyons.

Finally, after many months, Spanish Louis spoke the words Pie-Biter had been working and waiting for. "There's nothing more I can teach you. You're ready to run your own pack train."

剛開始學的時候，派王阿海被馬鞍、韁繩和馱綑纏得亂成一團。

當他要拉緊馬肚帶時，馱馬作弄他，把肚子鼓起來。結果拉得不緊，貨物從馬背上滑了下來，有時還滾下萬丈深溝。

過了好幾月後，馬幫頭路易終於說出派王阿海渴望聽到的話：「我所知道的都傳授給你，你現在可以自己當老板了。」

Al principio, Comepasteles se formaba un enredo con las monturas, las riendas y las cuerdas para sujetar la carga.

Los caballos lo engañaban inflando el vientre cuando él intentaba apretarles la cincha. Cuando esto sucedía, a veces la mercancía rodaba hasta caer en profundos desfiladeros.

Por fin, después de muchos meses, Spanish Louis pronunció las palabras que Comepasteles había estado esperando por tanto tiempo: —No tengo nada más que enseñarte. Estás listo para dirigir tu propia cuadra de carga.

Pie-Biter bought ten short-backed horses with thick bodies and strong, sturdy legs. He ordered two boxes specially made, one for either side of his saddle. Then, into each box, he stacked eight pies.

He was ready to go.

Except for one thing. He had no freight.

"No one trusts a greenhorn," Spanish Louis explained.

"But I am a good packer. You said so yourself."

Spanish Louis pointed to the merchants. "You must make them believe."

派王阿海買了十匹背短體壯、腿肚結實的馱馬。另外又訂做了兩個箱子，每個裡面放八個派餅，掛在馬鞍的兩旁。

阿海一切準備妥當，可以出發了。

只差一件事：沒人請他運貨。

馬幫頭路易解釋說：「沒人會信任一個剛出道的小伙子。」

「可是我是個好幫頭，你也同意的。」

路易指著那群商人說：「你得使他們相信你是個好幫頭才行。」

Comepasteles compró diez caballos percherones muy corpulentos y de patas fuertes y robustas. Pidió que le fabricaran dos cajas especiales, una para cada lado de la montura. Luego, colocó ocho pasteles en cada una de ellas.

Ya estaba listo para partir.

Sólo le faltaba una cosa. No tenía mercancía.

—Nadie confía en un novato —le dijo Spanish Louis.

—Pero yo soy un buen embalador. Tú mismo lo dijiste.

Spanish Louis señaló con el dedo a los comerciantes: —Debes hacer que ellos crean en ti.

Pie-Biter took out a pie and munched it thoughtfully. How could he prove he was a good packer if the merchants wouldn't give him a chance?

He finished the pie and reached for another. Then another. And another.

When he had eaten all sixteen pies, Pie-Biter said to Spanish Louis. "The three biggest pack trains in this town are yours, Ah Choy's and Sleepy Kan's. If all of you go on holiday at the same time, the merchants will have to use me to carry their freight."

Spanish Louis chuckled. "I will be happy to take two weeks' rest, but how will you persuade Ah Choy and Sleepy Kan to stop packing too?"

"I have a plan."

派王阿海拿起一塊派餅來，細嚼思索著。沒有機會，怎能證明自己的能力呢？他吃完了一個派，伸手拿另一個。然後又拿一個。再一個。

十六個派都吃光了，阿海於是跟路易說：「這個鎮上規模最大的馬隊就數你、阿財、和瞌睡蟲三個。如果你們同時休假，那些商人就非請我運貨不可。」

馬幫頭路易笑道：「我很樂意休假兩個禮拜。但是你怎麼說服阿財和瞌睡蟲，讓他們不載貨？」

「我有一個辦法。」

Comepasteles sacó un pastel y lo empezó a comer pensativamente. ¿Cómo podía demostrar que era un buen embalador si los comerciantes no le daban una oportunidad?

Se comió el pastel y cogió otro. Luego otro. Y otro.

Cuando terminó de comer los dieciséis pasteles, Comepasteles le dijo a Spanish Louis: —Las cuadras de carga más importantes de esta zona son tres: la tuya, la de Ah Choy y la de Sleepy Kan. Si todos toman vacaciones al mismo tiempo, los comerciantes tendrán que recurrir a mí para transportar sus mercancías.

Spanish Louis se quedó pensativo: —Me encantará tomarme dos semanas de descanso, pero, ¿cómo vas a convencer a Ah Choy y a Sleepy Kan para que dejen de trabajar?

—Tengo un plan.

Dressed in his best, Pie-Biter called on Ah Choy.

"Good news," Pie-Biter said. "China's armies have won many battles."

He unrolled a long paper heavy with seals of office. "The Emperor instructs us to celebrate the victories with two weeks of rest."

"But I have hundreds of pounds of rice and flour and sugar that I must deliver."

Pie-Biter shook the paper. "You dare disobey an order from the Son of Heaven?"

"No, of course not," Ah Choy stammered. "The merchants can wait."

Next, Pie-Biter called on Sleepy Kan. "I willingly obey the Emperor," he yawned.

派王阿海衣冠楚楚，前往拜訪阿財。

「好消息！中國的軍隊打了勝仗。」阿海把蓋滿圖章的公文攤開，說道：「皇上有旨要我們慶祝大戰勝利，休假兩個禮拜。」

「但是我有一百多擔的米、麵粉、和糖，答應要給人家送去。」

阿海抖動著公文。「你敢不服從天子的聖旨嗎？」

「不，當然不敢！」阿財舌頭打結的說：「那些客人可以等。」

接著，阿海去拜訪瞌睡蟲。他打著哈欠說：「皇上的命令我樂意服從。」

Comepasteles se puso su mejor traje y fue a ver a Ah Choy.

—Buenas noticias —le dijo—. Los ejércitos chinos han ganado muchas batallas.

Comepasteles desenrolló un largo papel repleto de sellos oficiales: —El Emperador nos ordena celebrar las victorias con dos semanas de descanso.

—Pero si tengo cientos de libras de arroz, harina y azúcar que me he comprometido a entregar.

Comepasteles agitó el papel: —¿Te atreves a desobedecer una orden directa del Hijo del Cielo?

—No, por supuesto que no —balbuceó Ah Choy. Los comerciantes pueden esperar.

A continuación, Comepasteles fue a visitar a Sleepy Kan: —Obedeceré con gusto al Emperador —dijo bostezando.

Without Spanish Louis, Ah Choy, or Sleepy Kan, the merchants had to hire Pie-Biter. And for the next two weeks, his horses forded streams and scrambled over boulders while Pie-Biter munched his favorite pies and the canyons echoed with his songs. He did not lose so much as one egg.

When Ah Choy discovered he had been tricked, he was furious.

But Sleepy Kan laughed. "There's plenty of work for us all."

既然馬幫頭路易、阿財和瞌睡蟲都不運貨，商人們只好僱派王阿海了。接著的兩個星期，領著馬隊跋山涉水，嚼著自己最愛的派餅，阿海嘹亮的歌聲響徹山谷。因辦事小心，他連一枚雞蛋也沒弄破。

阿財發覺自己被騙了的時候，很生氣。

瞌睡蟲卻一笑置之的說：「生意多得很，夠大家分的。」

Sin la ayuda de Spanish Louis, Ah Choy y Sleepy Kan, los comerciantes tuvieron que contratar a Comepasteles. Durante las dos semanas siguientes, sus caballos atravesaron torrentes y subieron con dificultad por cuestas empinadas, mientras Comepasteles saboreaba con gusto sus pasteles preferidos, y los desfiladeros hacían eco a su canto. Y no perdió ni un huevo.

Cuando Ah Choy descubrió que le habían engañado, se puso furioso.

En cambio, Sleepy Kan se rió: —Hay trabajo suficiente para todos.

Over the next fifteen years, Pie-Biter's string of horses doubled, then trebled. He became a rich man with many hired helpers.

But he nibbled at pies without enjoyment.

He did not sing.

"What is wrong?" Spanish Louis asked his friend.

"I am lonely for my father and mother and brothers," Pie-Biter said. "I want a wife and a son of my own."

往後的十五年，派王阿海的馬匹一倍、兩倍的增加起來。他成了財主，僱了很多工人。

可是，現在吃起派餅來，反而沒有以前的好興緻。

他也不再唱歌了。

馬幫頭路易關心地問：「你有什麼心事？」

阿海回答道：「我想念我的父母兄弟，我更想娶妻生子。」

Durante los quince años que siguieron, la cuadra de caballos de Comepasteles se duplicó y más tarde se triplicó. Se convirtió en un hombre rico con muchos empleados a su servicio.

Pero ya no disfrutaba de los pasteles con la alegría de antes.

Y tampoco cantaba.

—¿Qué te ocurre? —le preguntó Spanish Louis a su amigo.

—Me siento muy solo sin mis padres y mis hermanos —dijo Comepasteles—. Deseo tener una esposa y un hijo.

The next day, Pie-Biter led his pack train to Spanish Louis.

"My horses have served me well. Now they will serve you. I am going home."

Then he bought a one-way ticket on a steamship bound for China. He ordered fifty pies to be delivered on board.

No one in America saw or heard from Pie-Biter again. But for many years, travelers from China spoke of pie shops in villages and market towns. And the flavors they served were Pie-Biter's favorites.

第二天，派王阿海趕著他的馬隊來見路易。

「我這些馬待我不錯。今後就由牠們為你服務了。我要回老家去。」

接著，他買了一張到中國的單程船票。另外，還訂了五十個派餅，送上船艙。

從此，在美國再沒有人見到阿海的蹤影。可是，多年以來，從中國來的旅客都提起大街小巷派餅流行的事。那裡賣的全是阿海最喜愛的口味。

Al día siguiente, Comepasteles guió su caravana de carga hasta la de Spanish Louis.

—Mis caballos me han servido bien. Ahora, te servirán a ti. Regreso a casa.

A continuación, compró un billete de ida, rumbo a China, en un barco de vapor y ordenó que le subieran cincuenta pasteles a bordo.

Nadie en Estados Unidos ha vuelto a ver ni ha recibido noticias de Comepasteles. Aunque, durante muchos años, los viajeros procedentes de China hablaban de pastelerías en pueblos y mercados. Y los sabores que allí se servían eran los preferidos de Comepasteles.